La Diligence de Lyon

Richard Lesclide

Bruxelles, 1882

FSC
www.fsc.org
MIXTE
Papier issu
de sources
responsables
Paper from
responsible sources
FSC® C105338

LA

Diligence de Lyon

IL y a trente ans — pas davantage, — un des quartiers les plus sales, les plus ignobles, les plus tortueux de Paris s'étalait, comme une plaie gangréneuse, en pleine place du Carrousel, en face des Tuileries.

On vivait alors sous le règne bourgeois et paternel de Louis-Philippe. La place du Carrousel elle-même n'était qu'une steppe boueuse et sombre, au centre de laquelle s'élevait un réverbère isolé dont les maigres rayons étaient, la nuit, dévorés par une ombre sinistre. Du côté du Louvre et du Palais-Royal, depuis le quai de la Seine jusqu'au

Théâtre-Français, grouillait tout un amas d'échoppes sordides. C'étaient des masures croulantes, plantées à la diable, sans alignement, sans méthode, et laissant entre elles d'étroites ruelles où les ordures s'entassaient. Ce labyrinthe se tordait en circuits revenant sur eux-mêmes ; bref, ce coin de Paris semblait s'être pétrifié depuis deux cents ans dans une boue conservatrice.

Le soir, des chandelles ou des quinquets s'allumaient derrière les vitres à taies de ces échoppes, qui affirmaient alors leur spécialité de cabarets, de tripots ou de maisons galantes.

Les filles y pullulaient, mais quelles filles ! On ne pouvait pas leur reprocher de « faire le trottoir », car il n'existait pas de trottoirs dans ce dédale, moins bien partagé que la Cité. Au Carrousel, les « dames » faisaient le ruisseau. Et si l'on s'étonne de l'état dans lequel la voirie laissait ce point de Paris, j'expliquerai qu'il n'était pas classé, qu'il ne vivait que par grâce, que depuis cinquante ans il devait disparaître l'année suivante, et qu'on le traitait comme s'il eût déjà disparu.

Il fallait avoir le diable au corps — comme nous, — pour se hasarder à certaines heures dans cette Cour des Miracles, où, si l'on ne courait plus le risque d'être pendu, on récoltait des querelles, des horions, ou des caresses plus redoutables encore. Voilà pourquoi c'était amusant d'y aller.

Lord Algerton — qui était très connu dans ce temps-là, et qui avait succédé à lord Seymour dans la faveur du peuple parisien, — lord Algerton s'y promenait un soir, désœuvré, repu, et fort ennuyé de sa personne. Il s'était soûlé comme un porc, avait plongé dans les plus honteuses débauches, et rassasié, dégoûté, en horreur à lui-même, il aspirait au lendemain. Cette idée extraordinaire lui était venue de rentrer chez lui. Mais il n'y avait pas de voitures au Carrousel, et le lord, ivre, cherchait la place du Théâtre-Français sans y pouvoir arriver. Il tournait sur lui-même, revenait sur ses pas, avec la lucidité d'un ivrogne, sachant très bien qu'il s'égarait dans un cercle vicieux, mais incapable de l'effort d'esprit nécessaire pour trouver la tangente. Il était tombé plusieurs fois par terre et s'était laborieusement relevé. Gentilhomme, d'ailleurs. Comme il défonçait les murs à intervalles réguliers, ces bons murs qui lui prêtaient appui alors qu'ils avaient tant de peine à se soutenir eux-mêmes, il vit venir à lui une espèce de larve qui suivait également le mur, si bien qu'ils ne pouvaient manquer de se rencontrer. En effet, un moment après, ils se trouvèrent en contact, en face d'une vitre de taverne qui leur jetait de vagues lueurs. La créature entrevue était une femme ; lord Algerton en jugea ainsi à certains indices repoussants. Vêtue d'une toilette singulière et malpropre, l'inconnue paraissait avoir une cinquantaine d'années ; elle se traînait avec effort ; ses traits étaient bouleversés ; elle dit au lord :

— C'est pas tout ça, j'ai faim.

— Qu'est-ce que tu veux que j'y fasse ?

— Je ne suis pas une mendiante, j'ai faim.

— Et après ?

— Emmène-moi souper. Tu vois que je ne peux pas me traîner.

— Tu es bue.

— Non, vrai, je suis une femme comme il faut. Tu ne m'emmènes pas ?

— Jamais de la vie !

— Alors, prête-moi vingt sous.

— Je la connais.

La malheureuse essaya de se faire prêter vingt sous. Ce qu'elle offrit, ce qu'elle promit pour cela ne peut se raconter ni se décrire ; elle y engagea son salut, son corps et son âme. Le lord lui répondit :

— Tu m'embêtes !

Ce n'était pas que l'Anglais fût avare. Au contraire. Il s était ruiné je ne sais combien de fois ; il mangeait son quatrième héritage. Mais cette femme l'agaçait et lui déplaisait ; il s'était buté à ne rien lui donner ; son état d'ébriété augmentait son obstination. Il cherchait à passer outre ; l'inconnue l'en empêchait.

— Tu ne peux pas me refuser, disait-elle ; je me meurs. Tu as de l'argent dans ta poche, j'en suis sûre, je l'entends. Si tu ne m'écoutes pas, c'est que tu veux me tuer. Je vais aller crever là, derrière toi, sur ce tas d'ordures !

— Crève ! dit le lord.

Il repoussa la pauvresse si rudement qu'elle tomba sur ses genoux. Mais elle s'accrocha aux vêtements de l'Anglais d'une façon désespérée.

— Ne t'en va pas ! criait-elle ; le hoquet me prend, le froid me gagne, je mourrais ! Ah ! je souffre trop !… Aussi, tout m'est égal, vois-tu, tout ! Tant pis ! Tu refuses vingt sous à une femme, toi, un lord ? Ah ! je sais bien pourquoi ! Je te reconnais, misérable ! Tu es lord Algerton. On t'a tout dit. Tu m'as suivie. Et à présent, tu me tiens là, sous tes pieds, à ta merci ! Il faut que je marche, n'est-ce pas ? Eh bien, soit !

— Elle devient folle, dit le lord, qui faisait des efforts pour se dégager.

— Je te dis que je consens, scélérat ! Je consens, là, est-ce convenu ? Tu me donneras cent francs, et… je ferai LA DILIGENCE DE LYON !

— Ah çà ! dit Algerton, as-tu fini tes giries ? Veux-tu me laisser passer, oui ou non ?

— Tu ne m'as donc pas entendue ? La diligence de Lyon ! j'ai dit : La diligence de Lyon ! La diligence de Lyon !

— Va te faire f….. !

— Pour cent francs ! pour cent francs !

— Au diable !

— Tu ne comprends donc pas ?

— Sacrée vermine ! fit le lord poussé à bout, et envoyant à la malheureuse un coup de pied en pleine poitrine, me lâcheras-tu à la fin ?

— Ouf ! fit la pauvre femme, en tombant à la renverse.

Lord Algerton se sauva. Il trouva un fiacre dans la rue Saint-Honoré et rentra chez lui. Mais il ne put dormir de la nuit.

Je connaissais particulièrement le lord, pour m'être battu avec lui quelque temps auparavant. Il avait voulu me faire convenir que sa maîtresse, Léonore, de l'Opéra, était plus belle que la femme que j'aimais. Chose stupide et déraisonnable, puisqu'il ne savait rien de mes affaires ni aussi de mes relations. Ma maîtresse, d'ailleurs, c'était Léonore.

Aussi ne fus-je pas trop étonné quand, le lendemain de sa promenade au Carrousel, je reçus la visite d'Algerton. Il s'excusa de me réveiller si tôt, prétexta d'une insomnie, et me demanda une soupe aux harengs, à la mode hollandaise, pour se dégriser tout à fait.

J'eus d'abord envie de l'envoyer coucher ; je me retins. Il circulait dans ma chambre, qu'il arpentait à grands pas ; il ouvrait ou fermait la fenêtre ; il avait l'air d'une âme en peine. Il détraqua ma pendule, soi-disant pour en arranger la sonnerie. Il tira les oreilles de mon chat.

Ennuyé de son triquetrac, je me levai, pendant qu'il mangeait sa soupe. Il s'avisa tout à coup de me dire, d'un air indifférent, qu'il était très attaché à Léonore, à cause de sa « diligence de Lyon »…

Si quelqu'un connaissait Léonore, c'était moi. Je répondis : — Ah !

— Vous savez sans doute de quoi il s'agit ?

— Parbleu !

Un assez long silence suivit.

— J'ai ouï dire, reprit le lord, que la diligence de Lyon variait quelquefois dans l'application comme dans les principes. Rien n'est plus intéressant à étudier que ces nuances-là. Vous me feriez plaisir — certainement — en me disant comment vous l'entendez.

— Mon Dieu ! mon cher lord, cela s'entend tout seul. La diligence de Lyon, c'est la diligence de Lyon. Je vous avoue d'ailleurs qu'il y a si longtemps que je ne m'en suis occupé que je la confonds peut-être avec autre chose.

— Convenez, me dit le lord un peu ému, que vous n'avez aucune idée exacte de ce que c'est…

— Croyez-vous ?

— N'y mettez pas d'amour-propre. Tenez, je vais tout vous raconter.

Lord Algerton me dit alors son histoire de la veille jusque dans ses moindres détails. Il y avait un point dont il ne pouvait revenir.

— Comprenez-vous, disait-il, cette coquine qui, pour vingt sous, offre de décrocher ciel et terre, et qui, tout à coup, à propos de rien, parle de cent francs, comme si elle n'avait qu'à se baisser pour les prendre ! Et elle semblait me faire une grâce, remarquez-le bien. Je me souviens de sa mine ahurie, quand elle a vu que je ne me précipitais pas sur sa diligence de Lyon. C'est alors que je lui ai flanqué le coup de pied que vous savez.

— Je vous en blâme.

— Oui, cela manque totalement de chevalerie, mais j'étais ivre. Et puis la femme était abominable. Elle sentait mauvais.

— Cent francs ?

— Ah ! ce chiffre me trouble ; et vous, mon cher ami, qui avez la plus grande érudition galante de notre siècle, vous qui avez fouillé les coins les plus scandaleux des bibliothèques, vous qui en remontreriez à Nodier, ce bénédictin des chartes amoureuses, est-il possible que vous ne puissiez rien me dire à ce sujet ?

— Rien. Vous avez vu tout à l'heure que j'avais honte de mon ignorance. Avec la meilleure volonté du monde, je ne trouve rien. Rien qui puisse avoir une analogie avec ce nom baroque dans la Grèce, rien dans le Bas-Empire, rien dans la Bible, rien dans l'Histoire des Voyages… Mais j'en aurai le cœur net.

— Comment cela ?

— Tout simplement. Votre héroïne n'est pas introuvable sans doute, et nous saurons ce soir tout le mystère.

— Ce soir ! Pourquoi attendre à ce soir ?

— Ah ! si vous retrouvez auparavant la fille, je le veux bien ; mais ces oiseaux de nuit fuient la clarté du soleil. Je doute que vous la dénichiez dans la journée.

— Je vais toujours essayer.

— Bonne chance !

Le lord me quitta. Le soir, nous nous revîmes dans un café borgne de la place du Carrousel. Je le trouvai plus mélancolique encore que le matin. Nous courûmes les tavernes, les bals, les réunions du quartier, tous les endroits où nous avions quelque espoir d'avoir des nouvelles de la drôlesse que nous cherchions. Lord Algerton prétendait qu'il la reconnaîtrait à première vue. J'en doutais, car il n'était pas de sang-froid quand elle l'avait abordé. Nous nous adressâmes aux postes de police ; mais le signalement que nous pouvions donner se réduisait à l'âge probable de la femme, à son état de faiblesse, à son costume et au coup de pied qu'elle avait reçu. Aucun agent n'avait relevé de femme malade ou blessée. La victime de la brutalité du lord avait dû se sortir d'affaire toute seule, ou être secourue par quelque passant.

Huit jours se passèrent en courses infructueuses. J'avais fini par m'intéresser à cette affaire, — à un point de vue scientifique. Lord Algerton, plus ardent, était livré corps et âme à une obsession tous les jours plus puissante. La lémure du Carrousel s'était revêtue pour lui d'un charme occulte et redoutable ; il répétait ses moindres paroles, affirmait qu'elle avait un geste royal et des inflexions altières dans la voix ; l'absence la lui transfigurait. Il se reprochait de la façon la plus amère son obstination et sa cruauté stupide.

C'est avec une persévérance rare que nous avions colporté, dans les milieux les moins avouables, dans les sociétés les plus vulgaires, l'histoire du lord et ce nom bizarre de « Diligence de Lyon », dont une misérable vaincue l'avait frappé, comme d'une flèche de Parthe. On riait, on haussait les épaules ; la plupart concluaient à une plaisanterie ou à une mystification. Ce n'était pas mon idée. Le mot avait été dit dans un tel concours de circonstances qu'il fallait le prendre au sérieux. Nous nous résignâmes aux moqueries que nous ne pouvions éviter, et le lord dut tolérer une farce médiocre que lui joua Mlle Suzanne L…, des Variétés. Cette cocotte de tant de gaieté lui promit de lui dire *recta* ce que c'était que la diligence de Lyon, en échange d'un bracelet de rubis dont elle avait envie. Quand elle eut le bracelet à son bras, elle dit au lord ahuri :

— Méfie-toi, c'est du bœuf à la mode.

Cette drôlerie d'un goût contestable rendit l'Anglais défiant, mais ne le découragea pas. Il avait trop dans la mémoire le regard creux de l'affamée, son regard de flamme, et l'accent avec lequel elle avait lancé sa terrible proposition, pour se laisser dépister.

Nous crûmes bien faire en allant rendre visite à M. Vidocq, qui venait à cette époque de quitter la Préfecture et faisait de la police pour le compte des particuliers. Il nous mit en rapport avec un vieil agent, mouchard de qualité, qui nous parut être un homme distingué. Son avis fut que nous avions tort de nous obstiner à découvrir une fille banale, et que nous aurions bien plus de chances d'arriver à la découverte de la Vérité, en allant la chercher dans les meilleurs puits. Il nous conduisit en effet dans quelques maisons respectables — par leur ancienneté, — où nous avions toutes sortes de probabilités d'apprendre ce que nous désirions savoir.

Nous fûmes, en général, bien traités dans ces Académies, qui nous accablèrent de politesses — cotées un peu cher. Je me souviens que notre première visite fut pour une aimable femme qui avait tout l'air d'une duchesse de l'Empire, et qui l'était peut-être. Élevée à Saint-Denis, des revers de fortune l'avaient déclassée. Elle passait pour avoir un esprit encyclopédique, et véritablement nous gagnâmes beaucoup à sa conversation.

— Je vous avoue, dit-elle, qu'il m'en coûte de me trouver en défaut en face de gens bien élevés. J'ai non seulement dans mon « armoire de fer » tous les auteurs qui ont traité de la matière et qu'on a imprimés, mais une foule de manuscrits dus aux plumes les plus célèbres. Je ne pense pas qu'ailleurs que chez moi on ait jamais parlé du « général Fayol » et de la « Fanfare du duc d'Aoste ».

J'interrompis la dame, né voulant pas laisser passer cette assertion hardie. Elle s'en faisait accroire. Je développai, sur l'origine de la Fanfare, à laquelle la reine Christine fut si étrangement mêlée, des considérations ingénieuses. La noble hôtesse, charmée d'avoir à qui parler, prit un air discret, et voulut me prouver que je lui avais inspiré une véritable sympathie. Elle me donna l'adresse d'une bonne vieille, dont le nom avait été autrefois célèbre. On l'appelait Mme Malaga, et on la trouvait toute la nuit dans un tapis franc de la Cité, où elle disait la bonne aventure.

Mme Malaga nous accueillit avec grâce ; mais, comme je lui faisais compliment de ses succès de danseuse dans la troupe de Nicolet, une larme brilla dans ses yeux éteints.

— Vous parlez de ma fille, Monsieur.

— Quel âge avez-vous donc, chère dame ?

— Cent ans.

— Nous ferez-vous l'honneur de souper avec nous ?

— Sans doute. Un bienfait ne se refuse jamais.

Nous fîmes asseoir la pauvre saltimbanque sur un banc de bois, du côté de la muraille, et prîmes place en face d'elle. Elle était gaie et se portait bien. Une série de jeunes personnes empanachées se relevaient l'une l'autre, et promenaient au devant de la maison, comme pour la garder. Elles n'avaient pas l'air méchant. En passant devant notre table, elles demandaient la permission de finir nos verres. Et l'aïeule, doucement attendrie, leur disait : — Faites.

Et elle ajoutait : — Ce sont mes filles !

Les habitués du café nous regardaient d'un œil d'envie et d'admiration. Nous avions fait venir les vins les plus fins, les liqueurs les plus rares. L'eau-de-vie coûtait un sou le verre, le cognac deux sous ; nous prenions du fine champagne à quinze centimes. Des curieuses venaient y tremper le doigt. — Vous avez donc bien de l'argent ? nous disait Malaga ; je vous préviens que ça vous coûtera trois francs par tête, pas moins !

Il y eut aussi du cassis. La bonne vieille dodelinait de la tête en fredonnant des chansons salées. Elle allait dans le monde depuis l'âge de douze ans !... Lord Algerton en profita pour lui demander, si dans le cours de sa vie galante, elle n'avait jamais entendu parler d'une certaine diligence de Lyon qui... que... enfin, il dit le mot. Madame Malaga le lui fit répéter deux fois.

— Ah ! ah !... dit-elle, j'avais donc bien entendu... La diligence de Lyon ! Il faut la diligence de Lyon à ces messieurs... Je vous serai obligée de me laisser passer, je vous prie... Non, ne me retenez pas... Ce n'est pas que je sache rien, je vous prie de le croire... Mais j'ai une petite affaire à terminer à côté… Vous voudrez bien m'excuser. Sans adieu ! La diligence ! Mazette !

Et la vieille partit, trottant comme un vieux rat, sans qu'il fût possible de la rattraper.

On ne sait pas à quel degré d'intensité peut arriver un désir tenace qui se heurte à de continuelles déceptions. La chose tournait chez le lord à l'idée fixe ; il en maigrissait visiblement. Sur ces entrefaites, nous reçûmes la visite de l'agent de Vidocq, dont l'œil en coulisse semblait annoncer qu'il apportait un avis important. Il débuta par se faire payer grassement et finit par nous donner un simple renseignement.

Il paraît que la ville de Berne, en dehors de son honorable population bourgeoise, est connue pour être le *Bateau de Fleurs* le plus autorisé, je ne dirai pas de la Suisse, mais de l'Europe.

Cette ville, que patronnent des ours, est peuplée de colombes. Elle réunit les éléments de galanterie les plus disparates et les plus complets. Elle ne renferme pas seulement des maisons de plaisance, oasis où s'abrite le voyageur fatigué, mais de véritables musées ethnographiques vivants, où le beau sexe du monde entier est représenté par ses nationalités, ses costumes, coutumes, usages, erreurs, fantaisies, bizarreries, manies, curiosités et traditions d'alcôve. La science des siècles passés s'y transmet d'âge en âge, et l'on n'a jamais entendu dire que les mainteneuses de la science de l'amour aient été prises sans verd au pays de Guillaume Tell. Leur réputation valait du reste la peine d'être éprouvée, et moitié pour distraire Algerton, moitié entraînés par l'espérance, nous partîmes pour l'Helvétie.

— À défaut de ranz des vaches, me dit mylord avec un pénible sourire, nous y verrons au moins des vaches en rang.

J'aime à croire qu'aucune épigramme ne se mêlait à ces paroles.

Quand l'Académie de Berne — je parle de la principale, — apprit que des voyageurs de distinction avaient franchi les Alpes pour recourir à ses lumières, il y eut comme un frémissement d'orgueil et d'émulation parmi ses membres les plus influents et ses plus célèbres adhérentes. L'hospitalité suisse sembla vouloir faire oublier l'hospitalité écossaise.

La fête qui nous fut donnée à L'OURS GALANT fut l'objet de conciliabules intimes entre lord Algerton et la présidente de l'illustre Compagnie. On ne me mit pas dans le secret, mais je devinai qu'on ferait bien les choses. En effet, ce banquet international dépassa toutes les prévisions par sa magnificence et son originalité. Nous ne saurions décrire par le menu cette soirée vertigineuse, sans nous faire taxer d'exagération.

Les cinq parties du monde semblaient avoir député à Berne leurs plus ravissantes filles. C'étaient des Indiennes cuivrées, polies comme des bronzes antiques ; des femmes jaunes de Visapour, d'une teinte si éclatante qu'on se surprenait à cueillir des oranges sur elles ; des Malaises à la gorge dorée ; des femmes lilas de la Terre de Feu, où le croisement anglais-cafre a créé une nuance humaine pareille au fer rouge refroidissant ; des filles de la Polynésie, vêtues de feuillages et de fleurs, qui semblaient échappées au Paradis terrestre ; des poupées violettes-pâles du Sud Japonais ; des Groënlandaises si blanches qu'elles en paraissaient bleues ; des Chinoises de l'île Tchin, dont la peau diaphane s'irise sous la lumière comme les bulles de savon ; des Africaines noires comme l'ébène, à la gorge conique, aux lèvres humides, répandant cette odeur de catinga, tellement redoutable que l'homme qui s'en est enivré ne peut plus s'en passer ; toutes les nuances produites par le mariage du noir et du blanc ; les soixante-quatre gradations de couleur décrites par l'auteur de *Bug-Jargal*, échelle de teintes vivantes, gamme de formes gracieuses, où toutes les races, tous les mélanges étaient représentés par leurs plus parfaits modèles ; des géantes Patagones qui nous regardaient en baissant les yeux ; d'adorables naines de Chine, élevées dans des pots de porcelaine, boules souriantes qu'on ne savait par où prendre ; des Pastoures des Montagnes Bleues, tatouées des pieds à la fête avec une telle palette qu'on s'éblouissait à les voir et qu'on se perdait dans le labyrinthe dont elles étaient habillées ; — et tout cela, je le déclare, tout cela n'était rien, tout s'effaçait, tout disparaissait, quand un groupe d'Européennes traversait les salons, comme une théorie de jeunes reines.

Non, jamais je n'ai rien vu de pareil ! La Suède et la Norvège avaient envoyé à la fête de frêles créatures, souples et mélancoliques, qui passaient comme un rayon de lune ; les Espagnoles, fièrement cambrées, lançaient des éclairs à travers les branches de leur éventail ; les Russes, couvertes de fourrures, avaient des minois de chattes effarées ; les Polonaises faisaient résonner leurs talons de cuivre ; les Autrichiennes ondulaient comme un blé caressant ; les Allemandes répétaient : « Ne m'oubliez pas ! » à l'oreille de tout le monde ; les Italiennes au teint mat, aux yeux extravagants, portaient des poignards à leur jarretière, et ne craignaient pas de le montrer ; les Anglaises rêveuses, pétries de nacre et de neige, ne demandaient qu'à flirter ; une Odalisque, assise dans un coin, avait l'air d'une tarte à la crème affaissée ; mais pourquoi le cacherais-je ? Au moment où je perdais la tête dans l'élément féminin qui nous charmait de ses parfums et de ses ivresses, je sentis mon cœur battre et s'éveiller ; une jeune fille, la plus séduisante de toutes, s'était accrochée à mon bras : — Je suis des Batignolles, dit-elle, veux-tu m'aimer ?

Nous fûmes accueillis à L'OURS GALANT par une députation de treize Suissesses, d'une beauté vigoureuse et d'une grâce montagnarde. Elles se présentèrent, au son du cor des Alpes, coiffées de longues tresses, pavoisées de rubans, ailées de gazes voltigeantes. Leur jambe était superbement prise ; elles nous offrirent le vin d'honneur. Nous portâmes un toast à l'antique Helvétie.

Elles nous firent raison en buvant dans leurs bottines, façon exquise de nous rappeler que notre vieux Bassompierre avait bu dans sa botte à la santé des treize cantons.

Mon Anglais se francisa pour remercier ces dames et leur demander la permission de les rechausser.

Ce ne fut qu'après plusieurs heures de causeries et de promenades qu'on prit place autour d'une table où lord Algerton et moi dûmes accepter les places d'honneur. On n'y avait admis que très peu de convives de notre sexe ; ils disparaissaient au milieu des femmes comme des cloportes égarés dans un massif de fleurs. Le couvert était somptueux. Il faut dire que l'Académie, pour donner à cette solennité un caractère vraiment grandiose, avait invité tout ce que Berne comptait de célébrités dans le Livre d'or de la galanterie. La présidente de la réunion, fort belle matrone de quarante ans (que je ne compare pourtant pas aux matrones romaines), était placée en face de nous ; elle me parut préoccupée. On servit.

Ce qui passa, ce qui se dissipa, ce qui se fondit, ce qui s'engloutit sur cette table des Danaïdes, est impossible à détailler, car je n'ai pas envie d'allonger cette histoire jusqu'à demain. Ces anges cosmopolites avaient la voracité des harpies et buvaient comme des trous. Le premier service disparut comme un éclair ; le second comme un grondement d'orage ; le troisième rompit la glace, et l'on commença à briser celles de l'établissement. Le dessert s'annonçait comme une tempête ; je ne sais quelles flammes circulaient dans l'air ; nous haletions dans une atmosphère échauffée par mille odeurs capiteuses, produites par les fruits mûrs qu'on écrasait sur la table, par les liqueurs qu'on y répandait, et plus encore par les divines créatures qui s'étiraient languissamment, et qui laissaient rayonner au dehors les moiteurs de leur solitude. C'étaient des miroitements d'épaules satinées, des envolées de cheveux épars, des croisements de regards incendiaires et, en même temps, une clameur immense de notes pressées, argentines, vibrantes, langoureuses, impérieuses. On se hélait, on s'appelait, on perdait la carte et le sens. Je me souvins que nous avions une mission à remplir.

Quelques mots aigus, que je sifflai à l'oreille du lord, le réveillèrent de l'enchantement dans lequel il était plongé. Il rassembla ses esprits, se leva, chancelant, et étendant la main, comme le vieux Neptune, au-dessus des flots irrités, il but aux Femmes ! On l'écouta. Après un toast à Vénus Aphrodite, notre mère et notre amante, il déclara qu'il saluait cette noble Académie Bernoise, reine entre toutes, sacrée entre toutes, utile et agréable entre toutes. Il se dépeignit, semblable à César et à Alexandre, venant consulter l'oracle infaillible de Delphes, et demander à la Pythie le mot de l'énigme, le secret de l'arcane, la vérité sur cette mystérieuse « diligence de Lyon » qui était devenue l'intérêt et le cauchemar de sa vie.

Le tumulte avait repris, et les paroles de l'Anglais passèrent d'abord inaperçues. Peut être couvrit-on sa voix par des hurrahs qui firent explosion au moment où il prononçait le mot dangereux. Cette idée singulière me traversa l'esprit, en voyant la présidente qui, certainement, elle, l'avait entendu, essayer de faire diversion et de changer la conversation d'une manière adroite.

Mais quand le lord avait quelque chose dans la tête, il ne l'avait pas aux talons. Il brisa son verre pour attirer l'attention et interpella directement son hôtesse. Celle-ci le regarda d'un œil irrité, et après un hoquet vulgaire, lui répondit :

— Tu m'ennuies ! Rions, amusons-nous, mais n'allons pas plus loin. J'ai bien voulu t'offrir un banquet, parce que c'est toi qui paies et que tu es un homme chic. Mais il ne faut pas chercher midi à quatorze heures. On m'a déjà dit que tu étais toqué ; je te plains. Vas chercher ta diligence où tu voudras et — fous-nous la paix ! — J'ai dit. Mylord, à votre santé !

Cette sortie inattendue fut écoutée avec angoisse ; elle jurait tellement avec les hommages dont nous avions été l'objet que je m'en sentis déconcerté.

Un froid se répandit dans l'assemblée. Après nous avoir reçus avec enthousiasme, on avait l'air de vouloir nous mettre à la porte.

Lord Algerton, maîtrisant sa colère, demanda l'explication de ce discours si peu parlementaire. Il fit remarquer qu'il s'était exprimé avec décence, et qu'il avait droit à une réponse sérieuse. Il menaça d'ailleurs de tout chavirer, si l'on éludait sa question.

— Ta question, dit la présidente, qui avait toutes les familiarités, ta question, tu peux la mettre dans ta poche, avec ton mouchoir par dessus. J'ajoute que tu as un triste caractère. Comment ! on te reçoit dans un salon de femmes aimables, et tu nous entretiens des visions d'un cerveau malade ! Tu n'as donc pas regardé autour de toi ? Le Grand-Turc serait venu me voir, que je ne l'aurais pas mieux accueilli. Ouvre donc les yeux ; vois ces femmes. Elles ont le regard plein de flammes, le geste plein de caresses, la bouche ouverte aux baisers. Tu as des chances pour être aimé, car elles sont ivres. Et au lieu de te rouler à leurs pieds et de faire des nœuds à leurs jarretières, tu nous fais des contes à dormir debout ! Ah ! non, par exemple, il n'en faut pas. Zut ! c'est trop anglais !

Ce dernier mot me blessa et je demandai la parole.

— Tu ne l'auras pas ! me répondit la terrible femme, et tu vas te tenir tranquille ! J'interdis toute allusion aux bêtises de mylord.

Algerton bondit comme un tigre et sauta de son fauteuil sur la table, ravageant les cristaux et la vaisselle. Je m'aperçus qu'il était hors de lui…

— Je suis venu ici pour la « diligence de Lyon, » s'écria-t-il, et je veux « la diligence de Lyon ! » Il est inutile de chercher à me faire prendre le change. On m'a dit : c'est mille guinées. J'ai répondu : c'est bien. Et j'ai payé. Maintenant, il me faut la diligence, ou je mets le feu à la maison ! Que personne ne sorte !

Évidemment cette allocution manquait d'art. La perspective d'un incendie n'est pas faite pour retenir les gens, et la plupart de nos belles compagnes prirent la fuite en poussant des cris de paon.

La curiosité, chez les autres, l'emporta sur la frayeur. D'ailleurs, la présidente s'était simplement reculée de la table et paraissait décidée à tenir tête à l'ennemi.

— À quoi tout cela sert-il ? dit-elle en haussant les épaules ; il y a une bonne raison pour qu'on ne vous montre pas votre diligence ; — c'est qu'elle n'existe pas !

J'avoue que je me sentis ébranlé par cette déclaration si nettement formulée.

— À d'autres ! fit le lord, qui suivait son idée avec une persistance d'ivrogne ; vous ne m'y tenez pas ! J'ai soupé hier avec Mme la baronne Wilhemine de Horster-Horsteim, qui mange des radis là-bas, au bout de la table. Vous me l'aviez recommandée vous-même comme une personne hors ligne…

— Eh bien ! fit la baronne mise en cause, est-ce que vous le regrettez, mylord ?

— Au contraire, répondit Algerton, vous avez été fort agréable, c'est une justice à vous rendre. Mais vous vous êtes soûlée comme un vieux cocher, à preuve que j'ai été obligé de vous mettre au lit à coups de pied. Or, pendant que je veillais sur votre sommeil avec sollicitude, qu'avez-vous dit ? — Fritz (c'est un nom que vous inventiez), tu es un bon cœur, tu es mon ange gardien ; demande-moi ce que tu voudras, mais, pour la diligence de Lyon, des nèfles !

— Je n'ai pas dit cela ! cria Wilhemine.

— Tu l'as dit, pécore ! fit le lord d'un accent péremptoire. Même que je t'ai tant et tant tourmentée que tu as fini par ajouter : Tout ce que tu voudras demain, mais laisse-moi dormir.

— Eh bien ! fit Wilhemine blonde comme les blés, qu'est-ce que cela prouve ? C'est comme quand un enfant demande la lune. On lui répond : Oui, mon minet, tu l'auras. Mais on ne la lui donne pas.

— C'est un tort, baronne.

— Ah ! si vous ne vouliez que la lune ! murmura-t-elle.

Mais la présidente imposa silence à ce concetti, et, s'adressant à lord Algerton d'une voix incisive et froide :

— Mÿlord, dit-elle, vous vous trouvez ici dans une société calomniée, mais loyale. Je ne ferai point mon éloge, mais, sans que cela paraisse, je travaille peut-être, mieux que beaucoup d'assemblées délibérantes, à l'avènement, non pas de la fraternité, mais de la concorde universelle. Je ne dis pas cela pour me glorifier, mais pour réclamer mes droits de citoyenne libre, payant patente et tout ce qui s'ensuit. Un de ces droits, c'est d'être maîtresse chez moi. Si vous avez le courage de réclamer votre argent, je vous le rendrai. Mais, dans tous les cas, la est finie.

— Je ne veux pas de mon argent, cria le lord, et je n'ai que faire de votre noce. Je veux la diligence ! Non ? Alors, malheur à vous !

Et avant qu'on pût l'en empêcher, il lança un candélabre allumé sur un rideau de dentelles qui se couvrit de flammes. C'est à cela que l'ours galant dut son salut, car ces flammes rapides n'eurent pas le temps de se communiquer aux lourdes tentures de velours qu'elles roussirent seulement. Au cri d'alarme : au feu ! un sauve-qui-peut général bouleversa l'assemblée. Dix grands drôles solides, sortant on ne sait d'où, se précipitèrent dans la salle du banquet, pendant que les femmes disparaissaient par toutes les issues. Pour ma part, je me sentis saisi, enlacé, enlevé et transporté dans une salle voisine, où des mains vigoureuses me retinrent immobile.

— Est-ce un guet-apens ? m'écriai-je.

— Non, me dit une douce voix, c'est un cas de simple défense. Soyez mon prisonnier sur parole, et personne ne vous touchera.

La voix qui me parlait ainsi appartenait à la jeune Française dont j'ai déjà dit quelques mots, et qui avait affiché sa nationalité d'une façon si provocante.

Je la regardai. Ah ! si les Batignolles sont peuplées de pareilles beautés, elles n'ont rien à envier à la Grèce !

Ma jolie compatriote avait à peine dix-huit ans, « une figure d'ange avec l'œil d'un démon, » et un petit bonnet habitué à s'envoler sans doute.

Je me sentis rassuré par son air souriant, et j'étais tellement agacé de la contrainte où l'on me tenait que je jurai tout ce qu'elle voulut. On me laissa libre ; elle m'emmena.

Mon premier soin fut de m'informer du lord.

— Il ne lui arrivera rien, dit-elle, et sa tentative d'incendie ne lui sera même pas reprochée. Vous le retrouverez demain à votre hôtel. Mais dans ce moment il est dans un état d'exaltation qui ne permet pas qu'on l'abandonne. Il sera traité doucement ; je vous le promets. Croyez-vous que je puisse mentir ?

— Non, dis je, mais je voudrais le voir.

— Impossible. ; vous êtes mon prisonnier.

Il n'y avait rien à répondre.

Mon aimable geôlière s'appelait Aglaé.

Nous rentrâmes dans la salle du banquet ; on desservait. Aglaé prit un bougeoir qu'elle alluma, passa son bras sous le mien, et me dit :

— Par ici.

— Où me conduisez-vous ?

— Chez moi. Il faut bien que je puisse veiller sur vous.

— Vous êtes une charmante enfant, dis-je, et je vous sais gré de m'avoir tiré des mains de ces grands escogriffes, qui sont sans doute les protecteurs de la maison…

— Affaire de nationalité, dit-elle ; il faut bien qu'on se soutienne à l'étranger.

— Seulement, fis-je, en montant l'escalier et en me chargeant du bougeoir, car j'estime qu'il faut être prévenant pour toutes les femmes, seulement je suis un homme sérieux.

— Ah ! tant mieux ! dit-elle.

Et elle ajouta, après un moment de réflexion :

— Vous en êtes bien sûr ?

— Très-sûr, mon enfant. Je comprends que vous en doutiez en me voyant courir le monde à la suite de lord Algerton. Cela vous a donné une assez triste opinion de moi.

— Non, ce n'est pas cela, dit-elle ; c'est que je ne croyais pas qu'il y eût d'homme sérieux ; je suis bien aise que vous m'affirmiez le contraire. Entrez, c'est ici.

Elle me poussa dans une petite chambre assez gentiment meublée, mais qui n'avait aucune ressemblance avec la chambre de Rigolette. Beaucoup de parfumeries, de romans et d'ustensiles de toilette ; rien qui sentît le travail. Les femmes ont des intuitions bizarres ; elle devina ce qui me passait par la tête et répondit à ma pensée :

— Je ne sais rien faire, dit-elle, rien que d'être jolie ; ça durera tant que ça pourra. Tenez, vous serez très bien dans ce fauteuil. Je vais me coucher, si ça ne vous fait rien.

— Ne vous gênez pas, mon enfant.

Je ne pus m'empêcher de la regarder pendant qu'elle s'occupait de sa toilette de nuit ; elle était vraiment très gracieuse. Elle se déshabillait avec une habile modestie, sans rien montrer, mais en laissant tout deviner. Les jolies Parisiennes sont jolies comme Psyché. Aglaé ne se pressait pas et me tenait sous le charme. Je lui racontai sommairement notre histoire : le caprice de lord Algerton, dégénéré en frénésie, ma complaisance à l'accompagner et l'intérêt que je prenais à son expédition. Elle s'intéressa fort à mon récit.

Comme elle dut s'absenter un instant, je repris un peu de sang-froid. Je soupçonnai la rusée fillette d'essayer de me troubler par ses petits manèges de coquetterie ; je crus à un piège, et quand elle rentra, fraîche comme une rose, je lui demandai d'un accent bourru :

— Puis-je savoir combien de temps vous comptez me garder, mademoiselle ?

— Mais, répondit-elle, c'est selon. Si vous vous ennuyez, pas longtemps. Il suffit que vous me promettiez de ne pas réclamer lord Algerton, et de partir sans faire de bruit… Parce que j'ai répondu de vous.

— C'est juste. Je vous promets tout cela.

— Alors vous n'avez qu'à sonner. On va vous reconduire.

— Vous êtes une aimable fille, dis-je, en m'approchant de l'oreiller où reposait sa jeune tête ; au moins, mettez-moi à rançon.

— Vous le voulez ?

— Je vous en prie.

— Eh bien ! vous m'enverrez demain un bouquet, — un bouquet de fleurs d'oranger, puisque je suis en train de le gagner… Et des gants, quand vous rentrerez à Paris. Six et demi. On ne fait rien de supportable ici. Sonnez donc.

— Rien ne presse, si vous ne vous endormez pas. Il m'est venu tout à coup quelque chose à vous dire.

— Quoi ?

— Si vous voulez que je parle, cachez vos bras blancs et fermez votre camisole. Cela me donne des distractions.

— Oui, fit-elle, les hommes sérieux sont comme cela.

— Enfin, dis-je à Aglaé, nous sommes Français tous deux, par conséquent amis ; vous me l'avez prouvé. Il fait nuit ; nous voilà enfermés ; personne ne peut nous entendre. Je suis discret et pas méchant ; vous n'en doutez pas, je l'espère. Eh bien ! que savez-vous, vous, Aglaé, de cette « Diligence de Lyon » dont on fait tant d'histoires ? Entre femmes, souvent, on s'avoue des choses qu'on ne dirait pas à un homme. N'en avez-vous jamais entendu parler ?

— Si, dit-elle.

— Ah ! vous voyez bien !

— Mais je ne sais pas ce que c'est.

— M'en donnez-vous votre parole ?

— Oh ! ma parole, je ne la donne pas aussi facilement. Et puis, je ne suis sûre de rien. On se fait quelquefois des idées absurdes. J'ai les miennes, mais je ne veux pas les dire, parce que vous vous moqueriez de moi.

— Ma chère Aglaé, je vous en prie !

— Vous voulez, dit-elle, en s'asseyant sur son lit, que je conte des rêves de petite fille à un homme sérieux ?

— Eh bien ! m'écriai-je, je ne le suis pas ! Je ne le suis plus ! Je ne l'ai jamais été ! Je vous en demande pardon !

— Tout cela pour la « diligence » ! fit-elle.

— Oui, pour la diligence, mais plus encore pour vos yeux, pour votre sourire, pour votre peignoir qui s'en va, pour ce doux accent railleur qui descendrait du ciel, s'il ne venait de Montmartre, pour vos lèvres roses, pour la patrie, pour la France que je retrouve auprès de vous…

— Vous n'êtes pas sérieux du tout, dit Aglaé, et j'aime autant que vous partiez. Vous croiriez ensuite que j'ai fait la savante pour vous retenir. Je n'y tiens pas ! Oh mais, pas du tout ! Je ne sais, rien, rien que ce que je suppose… des niaiseries… parce que je suis un peu sentimentale. — Allez-vous-en, croyez-moi.

— Non, parlez !

— Comment voulez-vous que je parle, si vous m'embrassez tout le temps ?

Elle avait raison ; je manquais de logique. Je ne pensais plus à la « diligence ». Ce fut Aglaé qui m'en fit souvenir — le lendemain matin.

— Je ne veux pas, dit-elle, que vous m'accusiez de vous avoir trompé. J'aime encore mieux passer pour bêbête. La « diligence de Lyon », à mon avis, c'est d'être heureux. Je n'y vois pas d'autre malice.

Elle avait peut-être raison. Mais lord Algerton n'était pas homme à se contenter d'une pareille solution.

Je trouvai mon Anglais à l'hôtel, en assez mauvais état. Il sacrait et voulait tout massacrer. Je le calmai, en lui représentant que cela ne l'avancerait à rien. Il passait ses journées à ronger son frein. Au reste, nous commencions à être mal notés à Berne et il était temps d'en partir.

L'esclandre que lord Algerton avait faite à la fin du banquet de l'ours galant avait été commentée et exagérée. On parlait de nous appeler en justice pour cause de tapage nocturne et de tentative d'incendie. Notre hôtelier nous regardait d'un mauvais œil ; les femmes qui nous croisaient dans la rue détournaient la tête avec affectation ; les hommes feignaient de ne pas nous voir ; les ours nationaux, que la ville entretient à grands frais dans une fosse armoriée, s'asseyaient sur leur derrière et nous montraient le poing. Une seule affection nous resta fidèle, celle d'Aglaé dont le lord paya les dettes, et qui partit le lendemain avec le ténor du théâtre d'opéra.

Nous rentrâmes en France à grandes guides, dans de fâcheuses dispositions d'esprit. Mon premier soin, en arrivant à Paris, fut de lâcher lord Algerton qui devenait assommant. Il était en proie à cette étrange maladie, appelée monomanie, dont les phénomènes sont à peu près inexpliqués. Je le perdis de vue deux mois environ, et ne retournai chez lui qu'en recevant un billet affectueux dans lequel il m'annonçait son départ.

Je le trouvai ravagé jusqu'à la moelle des os par son idée fixe, l'œil cave, le regard mort, assombri, nerveux, déraisonnable. Il me reprocha de l'avoir abandonné en de tels termes que je crus qu'il m'avait fait venir pour me chercher querelle. De la colère il passa à l'attendrissement et me fit mille caresses. Il m'entretint de cent billevesées et fit preuve d'un cerveau détraqué. Il achetait de petites diligences chez les marchands de jouets d'enfants, et les démontait pour voir ce qu'il y avait dedans. L'Ambigu ayant repris le *Courrier de Lyon*, il loua une loge de face et vit la pièce dix fois de suite, cherchant à extraire de sa littérature un sens mystérieux et symbolique. Pour s'éclairer à cet égard, il alla chez M. Paulin Ménier, qui l'éconduisit poliment. Enfin, il était au moment de partir pour Lyon, sans autre motif que de voir de près les diligences de cette ville et d'en tirer des déductions et des conséquences.

L'état du lord m'alarma sérieusement ; je le fis renoncer à son voyage, en lui promettant de ne plus le quitter. Quoique mes affaires dussent souffrir de notre intimité, je ne sais quelle compassion me rapprochait de lui.

Je me refis son compagnon, évitant de heurter sa chimère, et lui faisant espérer que nous retrouverions un jour la malheureuse femme qui l'avait ensorcelé. Cette idée le ranimait. Il se plaisait à me conduire au quartier du Carrousel, dans la ruelle où il avait fait sa fatale rencontre. Là, il me fallait entendre son éternelle histoire, redite de la même façon, avec les mêmes gestes, les mêmes effets et les mêmes mots.

À vrai dire, je n'avais pas l'espoir que je cherchais à lui donner. Depuis six mois, nous avions mis les plus habiles gens en campagne et n'étions arrivés à rien. Le lord se désintéressait de la vie. Je le conduisais au théâtre voir des pièces propices aux apaisements nerveux. Un soir que nous étions à l'Odéon, où l'on jouait la *Lucrèce* de Ponsard, lord Algerton me saisit le bras avec une étrange violence.

11 était à demi renversé dans son fauteuil, la face congestionnée, la respiration sifflante, l'œil braqué sur les galeries. Je crus d'abord à une attaque d'apoplexie. Mais il me désigna une grande femme plâtrée, assise au premier rang et vêtue d'une façon originale.

— C'est elle ! dit-il.

Je compris tout.

— Je ne bouge pas, ajouta le lord, allez-y bien vite. Je reste ici pour la surveiller ; n'ayez pas peur, je la regarde !

Je sortis. Grâce à la complaisance intéressée d'une ouvreuse, je parvins à me placer derrière la femme que le lord m'avait signalée. Elle n'était pas seule. Un grand gaillard, dont le gilet était treillissé de chaînes d'or, se tenait assis auprès d'elle dans une attitude respectueuse. Il me fit l'effet d'un valet-de-chambre de confiance, d'un majordome italien ou d'un secrétaire intime. Chose étrange l il me semblait que la figure de la dame ne m'était pas inconnue…

Mais où avais-je pu voir cette créature ? Comment la pauvresse d'Algerton s'était-elle transformée ainsi ? L'inconnue avait des allures chevalines et semblait piaffer sur place. Malgré les artifices d'une toilette dispendieuse, on ne pouvait lui donner moins de quarante ans. Elle était prise par moments de ces frissons involontaires, qui font dire que « la petite mort » passe dans le dos. On devinait en elle une nature nerveuse, ardente, mobile, profondément impressionnable. Je n'avais aperçu sa figure que d'une manière vague ; elle s'était légèrement retournée, quand je m'étais assis derrière elle. Elle me rappelait une ressemblance très confuse, très éloignée, presque sans objet.

Son compagnon, qui avait l'air d'un Brésilien de comédie, se faisait petit pour ne pas la gêner.

— Allez me chercher des oranges, lui dit-elle, en voyant le rideau se baisser. Le monsieur s'inclina et sortit, empressé. La dame avait chaud. Elle souleva la toque empanachée qui retenait ses cheveux ; ceux-ci, mal attachés, se défirent et tombèrent en cascades jusque sur mes genoux.

— Sylvie ! m'écriai-je.

Je ne pouvais m'y tromper. Une seule femme au monde possédait cette chevelure d'or, belle comme celle d'Aphrodite et qui se déroulait jusqu'à ses talons…

Sylvie ! Il y avait vingt ans que je ne l'avais vue. Se pouvait-il qu'elle fût mêlée à l'histoire extravagante d'Algerton !

Et, je ne sais quelle lumière se fit en moi : je compris qu'il n'y avait que Sylvie qui pût être la femme que nous avions si longtemps cherchée.

Au cri que j'avais poussé, elle fit volte-face avec une hautaine lenteur. Son regard allumé s'éteignit en me reconnaissant ; elle me salua d'un sourire :

— C'est vous, Jacques ? dit-elle ; vous allez m'aider à ramasser mes cheveux.

— De grand cœur, répondis-je, mais comment êtes-vous ici ?

— Il faut bien qu'on soit quelque part ; le monde n'est pas si grand qu'on ne puisse s'y rencontrer. Vous avez su mon mariage et mon veuvage ?

— Oui, madame la marquise.

— C'est ainsi qu'il faut m'appeler, et non pas Sylvie.

— Je vous appelais Sylvie autrefois, et de bonne amitié.

— Au fait, c'est vrai. S'est-il passé quelque chose entre nous, Jacques ?

— Hélas non ! Madame.

— Je suis contente de cet « hélas ! » qui sent son gentilhomme. Ah ! mon cher, je me suis bien ennuyée depuis vingt ans. Il y a tout autant, savez-vous, que nous ne nous sommes vus.

— À peu près, Madame.

— Comment me trouvez-vous ? Affreuse, n'est-ce pas ? Tout se paie.

— Votre mari n'a guère duré.

— C'est sa faute. Ce pauvre Passavanti ! Je l'avais prévenu. Il s'est brûlé à la flamme. Figurez-vous qu'il s'était avisé d'être jaloux ! Je l'ai rendu absolument heureux.

— Il en est mort.

— Ça le regarde. Elle se mit à rire d'une façon rauque. L'homme aux chaînes d'or rentra, portant les oranges demandées, et me lança un regard haineux.

— C'est Terni, me dit Sylvie, M. le duc de Terni, si vous voulez, un sigisbée que m'a donné mon mari. Une mode d'Italie que vous connaissez. Ne vous en occupez pas.

J'échangeai avec l'étranger un salut cérémonieux. La marquise m'imposa silence, ayant l'étrange fantaisie d'écouter la pièce.

Cela me permit de mettre un peu d'ordre dans mes idées. Ainsi, je revoyais Sylvie, cette femme extraordinaire, que j'avais rencontrée au début de son existence vertigineuse, dans la fougue de ses vingt ans, blondissante, emportée, amoureuse, perverse, étourdie et bonne enfant. Cette fille de famille, élevée au Sacré-Cœur qu'elle avait ravagé pendant ses dernières années d'études, était entrée dans le monde pour y conquérir sa liberté de haute lutte, brisant ou séduisant tout ce qui s'opposait à ses volontés. Sa pauvre vieille mère s'était assouplie et soumise à sa voix ; Sylvie en faisait sa complice et la traînait à sa remorque, comme une mère d'actrice, dans les cabinets de la Maison d'Or et du Café Anglais. Son oncle, un rude militaire, avait essayé de ployer ce caractère indomptable ; Sylvie avait fait de son oncle son amant et s'applaudissait fort de ce coup de Jarnac. Rien ne prévalait contre son scepticisme, son audace, son esprit et les séductions étranges de sa personne.

Elle n'était pourtant pas jolie, mais je crois qu'elle n'avait pas besoin de l'être. Le hasard nous avait rapprochés. J'étais à cette époque en proie à une grande passion qui ne me permettait de voir qu'une femme sur la terre. Sylvie me prit pour une sorte de fou, en s'apercevant que je ne songeais pas à lui faire la cour. Trop orgueilleuse pour s'abaisser à des avances ou pour douter de son pouvoir, elle devint mon amie — par curiosité.

Je l'acceptai comme un camarade — plus beau et plus dangereux que les autres. — Ah ! c'est vous, Sylvie ? disais-je en la voyant entrer à toute heure du jour. Mais je ne songeais pas à la caresser. Elle s'asseyait sur un petit tabouret, et déployait ses cheveux de fée où j'aimais à baigner mes mains. D'autres fois, elle arrivait défaite, à moitié habillée, pour me demander conseil sur un costume de bal ou sur un maillot de soie, car elle se plaisait fort à se travestir. Elle s'asseyait au bord de mon lit, peut-être pour savoir jusqu'à quel point un véritable amour peut calmer l'imagination d'un homme. Quand elle parvenait à me troubler, quelle joie et quels bons éclats de rire !…

Un jour qu'elle se roulait sur ma couverture, vêtue en pêcheur napolitain, je ne pus m'empêcher de m'écrier : — Sacré nom de D… !

Elle comprit, me coupa la parole et me répondit :

— Quand vous voudrez.

Le lendemain nous n'y pensions plus, ni l'un ni l'autre.

En vérité, j'aimais cette créature pour sa force et son audace, sans que l'idée me vînt d'en être amoureux. Elle cherchait quelque chose, — comme Don Juan. Sylvie se plaisait aux expériences qui font saigner les cœurs ; elle avait le don de la fascination. Son plaisir était de perdre ses meilleures amies ; elle avait pour cela des ressources infernales — et ingénieuses. Il suffisait qu'on l'aimât pour subir son vertige. Ses amants, même les plus intelligents, la proclamaient vertueuse, en dépit de toutes les apparences. Je n'en ai pas connu qui ne rêvât de l'épouser, et si elle avait bien voulu prendre la peine d'opérer sur moi, j'y aurais peut-être été pris comme les autres. Mais cela ne se rencontra pas, et nous n'échangeâmes jamais que des poignées de main, sans songer à rapprocher nos lèvres.

Je l'avais perdue de vue à l'époque de son mariage avec un grand seigneur italien qui la fit millionnaire. Il paraît que sa vie de jeune femme continua sa vie de jeune fille. Rien n'entravait désormais l'essor de ses appétits, de ses instincts, de ses fantaisies. Elle avait dans les veines du sang de ce grand artiste en vice, nommé Néron, qui brûlait Rome pour se distraire, et souhaitait que le genre humain n'eût qu'une tête pour la faire tomber. Un jour que Sylvie me surprit, baisant un chiffon qu'avait porté ma maîtresse, elle me dit :

— Les hommes sont bêtes. Si je pouvais les fondre en un seul, je voudrais lui faire crier grâce.

C'était cette Sylvie que je retrouvais à quarante ans, fanée et couperosée comme un vieux parapluie. J'avais entendu parler de quelques-unes de ses extravagances. Son mariage l'avait faite suzeraine d'une abbaye de Toscane, qui relevait de sa maison. À la mort du marquis, elle y avait pénétré contre la règle, car c'était un couvent de Franciscains. Six mois après, le couvent était dépeuplé, et Sylvie voyait fuir les derniers moines qu'elle retenait sous le joug. Le monastère abandonné fut transformé en un refuge de femmes, avec l'agrément du cardinal Antonelli.

Il fallait connaître de longue date la marquise pour ne pas craindre de la retrouver sous les habits de la mendiante qui avait accosté lord Algerton au quartier du Carrousel. Ses caprices sans frein se produisaient avec une soudaineté qui pouvait les faire passer pour des actes de folie. Elle ne reculait devant rien pour satisfaire un désir, s'inquiétant peu d'expérimenter sur elle-même ou sur les autres. Mesurant sa vie par l'émotion, elle cherchait avant tout à vivre avec intensité. Éprise de l'antithèse, elle choisissait de préférence ses amants dans les natures naïves, enthousiastes, éprises de pureté et d'idéal. On ne réveillait pas à moins ses sens blasés et inassouvis.

Il était donc très possible que le soir où lord Algerton l'avait rencontrée, elle fût dans une vraie détresse. Des esclaves révoltés l'avaient parfois fouaillée d'une façon scandaleuse, dans des crises de dépit amoureux. Sylvie avait connu la volupté d'être battue et presque assassinée. Elle ne s'en était pas plainte.

Sans respect pour la tragédie de *Lucrèce*, dont on avait repris le fil et qui continuait à dévider sa bobine, je me penchai vers l'oreille de la dame et la trouvai disposée à m'écouter. Je lui dis l'histoire de lord Algerton et la priai de nous recevoir le lendemain.

Elle m'écouta en silence, avalant ses oranges coupées en quatre, pulpe et peau, avec une franchise qui me rappela le moine Amador croquant les noix grollières, bois compris, comme des figues de Marseille. Quand j'eus terminé mon petit speech, la marquise me dit :

— Venez me voir, si ça vous amuse ; nous causerons. Mais ne m'amenez pas votre Anglais ; il m'ennuie.

Elle me congédia par ces mots au moment où finissait la tragédie, refusant le bras que je lui offrais.

Je l'accompagnai dans les couloirs, et arrivai à temps pour empêcher lord Algerton de se jeter à ses pieds. Je lui expliquai rapidement qu'il perdrait sa cause par une démarche hasardée ; il se contint. Toutefois il voulut suivre la voiture de la marquise, afin de s'assurer qu'elle m'avait donné sa véritable adresse.

Je n'en avais pas douté un seul instant. Le lord m'entraîna dans un café pour avoir des détails précis sur la conversation que j'avais eue avec son ancienne « connaissance »…

Je ne crus pas utile de lui faire connaître l'espèce d'ostracisme dont la marquise l'avait frappé. Il apprit avec un peu d'étonnement que j'avais en elle une vieille amie et qu'il lui fallait attendre la permission de lui être présenté. La joie inespérée de cette rencontre lui fit accepter sans murmure ces petites déceptions. Il manifestait cette joie par des exclamations subites qu'il jetait au travers de notre conversation. Deux ou trois fois je voulus le quitter ; il me retenait, ne pouvant se lasser de me parler de ses espérances. La métamorphose de la pauvresse en grande dame lui paraissait la chose la plus simple du monde ; ne vivions-nous pas depuis un an dans des milieux invraisemblables ? Un coup de baguette de plus ou de moins ne tirait pas à conséquence.

Comme nous allions sortir, je vis s'avancer vers nous le bizarre personnage que la marquise traînait à sa suite. Il nous salua avec une politesse obséquieuse et sollicita de notre courtoisie un instant d'entretien. Nous nous rassîmes pour l'écouter ; il s'exprimait en assez mauvais français.

Le duc de Terni nous expliqua que la marquise était étrangère à la démarche qu'il faisait auprès de nous, démarche toute personnelle.

— La marquise Passavanti m'ayant fait l'honneur de me présenter à vous, me dit-il, je n'ai pas à vous apprendre que je remplis auprès d'elle les fonctions de cavalier-servant ; son mari me l'a confiée à son lit de mort, et je tiens essentiellement à mes privilèges.

— Cela est tout naturel, répondis-je, et je déclare, en ce qui me concerne, n'avoir jamais eu l'intention d'aller sur vos brisées.

— Certes ! dit le lord, j'en puis dire autant ; il ne s'agit que d'un simple renseignement que nous avons à demander à madame la marquise.

— Ne puis-je vous le donner ?

— Peut-être bien, et j'en serais charmé. Pouvez-vous nous parler, Monsieur le duc, de « la diligence de Lyon » ?

Il me sembla que l'Italien devenait blafard sous les poils épais qui lui couvraient la face.

— Quel rapport, reprit-il, en toussant pour se remettre, peut-il y avoir entre madame la marquise Passavanti et ce mot de « Diligence de Lyon » que vous venez de prononcer ?

— Cela serait trop long à vous raconter, dit le lord ; — c'est d'ailleurs un secret entre nous.

— À votre aise, dit le duc, mais vous me ferez raison d'une discrétion pareille.

— Une querelle ! fit Algerton ; si vous croyez m'arrêter avec cela, vous vous trompez singulièrement. Réglez l'affaire avec mon ami, je vous prie.

— C'est, dit l'Italien, qu'il n'est point agréable de se battre avec moi. En tant que prévôt d'armes, j'ai des coups d'épée infaillibles, et les balles arrivent au point précis où je les adresse.

— Ces paroles, dis-je, constituent un moyen d'intimidation qui n'est pas dans nos mœurs.

— Vous m'excuserez, fit Terni ; je ne connais pas bien les usages français. J'ai cru loyal de vous expliquer que c'était moi qui servais à madame la marquise, quand elle voulait se débarrasser de quelqu'un…

Je restai muet. Ah ! Sylvie était devenue une jolie personne !

— Est-ce donc la marquise qui vous envoie ? dis-je en insistant.

— J'ai déjà eu l'honneur de vous affirmer le contraire, répondit le duc ; je viens pour mon compte et pour des motifs à moi seuls connus.

— Je n'accepterai pas d'être témoin d'un duel dont j'ignore la véritable cause.

— Vous me désobligeriez, fit Algerton ; la cause, la voici.

Et, prenant un verre qui contenait un reste de liquide, il en aspergea le visage de l'Italien.

— *Bene*, fit celui-ci en s'essuyant la figure.

— Allons, dis-je au lord, ce sera comme vous voudrez. Vous vous battrez, puisque vous y tenez. Laissez-moi arranger cela avec monsieur.

— Carte blanche, fit le lord en s'en allant.

Rien n'est plus agaçant que d'être engrené dans une affaire au delà de ce qu'on voulait lui accorder de temps et d'attention. Il n'est pas d'individu qui ne répète alors le mot de Cyrano de Bergerac : — Que diable allais-je faire dans cette galère ?... Toutefois, quand on est dans la galère, il s'agit moins de récriminer que d'en sortir bien ou mal.

Le duc de Terni, assis en face de moi, attendait patiemment que je prisse la parole, — et mille réflexions, qui se croisaient dans mon esprit, me faisaient hésiter à parler. Un duel ne m'a jamais paru une bien grosse aventure, et sans en faire une partie de plaisir, comme les raffinés d'autrefois, je m'en accommode volontiers, aussi bien pour mon compte que pour le compte de mes amis. Mais la querelle que nous cherchait cet Italien de mélodrame avait mauvaise mine et me chagrinait. Sans croire aux pressentiments, il me semblait qu'elle aurait de fâcheuses suites. Cet homme, qui recevait de sang-froid de l'eau par le nez, devait être bien sûr d'une revanche pour conserver autant de calme devant une pareille agression.

Il fallait pourtant finir par dire quelque chose.

— Ne pensez-vous pas, monsieur le duc, fis-je, après une légère inclination de tête, qu'il serait plus convenable que je m'entendisse avec un de vos amis sur les conditions de la rencontre que vous désirez avoir avec lord Algerton ?

— Si vous l'exigez, répondit Terni, je me ferai représenter par un tiers ; mais, entre nous, cela me paraît parfaitement inutile. Il ne pourrait qu'agir d'après les instructions que je lui donnerais. Ne vaut-il pas mieux causer de cette affaire sans un intermédiaire qui pourrait l'embrouiller ? On confie ordinairement ces discussions à des témoins, pour éviter les chaleurs de sang de gens trop intéressés à leur propre cause. Je vous affirme que vous trouverez en moi une modération parfaite et l'esprit le plus conciliant.

— Je me garderai alors d'en appeler à un autre qu'à vous-même, dis-je. Partons-nous de la provocation, sans cause suffisante, que vous avez adressée à lord Algerton, ou de la vivacité qu'il s'est permise à votre égard ?

— Nous partirons d'où vous voudrez, fit l'Italien.

— Est-ce à dire que vous accordez au lord le privilège de se dire offensé ?

— Parfaitement.

— Le choix des armes, de l'heure et du lieu dépend-il de nous ?

— Je suis ici pour prendre vos ordres là-dessus.

Tant de condescendance m'étonnait.

— Êtes-vous bien convaincu de la nécessité de cette rencontre ? ajoutai-je

— Je vous en fais juge, fit Terni en se passant la main sur le nez.

— J'avoue que le lord a été prompt et a rendu un arrangement difficile. Il n'est point homme à faire des excuses ni à témoigner des regrets. Mais ce duel est-il inspiré par de telles causes qu'il ne puisse avoir lieu avec certains tempéraments ? Le cas est-il mortel, à votre avis ?

— C'est un point inutile à discuter, dit le duc ; je me suis battu assez souvent, et suis absolument maladroit à blesser les gens. Je les tue.

— À moins qu'ils ne vous tuent, répondis-je vivement.

— Cela ne m'est point encore arrivé, fit-il avec un sourire.

La tranquillité de cet homme m'irritait. Mais, fidèle à mon rôle de témoin, je dus me calmer et soutenir jusqu'au bout les intérêts de mon client.

— La franchise avec laquelle vous parlez, dis-je au duc, m'engage à faire appel à votre loyauté. Il est de mon devoir d'égaliser autant que possible les chances de danger entre vous et mon ami. Lord Algerton a l'éducation d'un gentilhomme et tient bien son épée, mais ce que vous avez dit de votre adresse extraordinaire, chose que je ne relèverais pas, si j'étais votre adversaire, me préoccupe comme témoin. Quelle arme me conseillez-vous de prendre pour tenir une balance à peu près égale entre vous deux ?

— Cette question m'honore, fit Terni avec un salut ; je voudrais pouvoir y répondre plus à votre gré. Mais je ne puis vous laisser une illusion ; lord Algerton est dès à présent un homme mort. Il n'est point d'arme qui puisse me trahir. De la carabine américaine à la navaja espagnole, vous avez le choix entièrement libre, et ce choix m'est indifférent. Quant à l'issue de ce duel, je ne puis vous donner un espoir qui serait certainement trompé.

— Cependant, fis-je, sans vouloir relever l'outrecuidance de ses dernières paroles, il est des moyens héroïques de rendre un combat égal avec le spadassin le plus habile. Je suis assuré de la bravoure du lord, et puis prendre sur moi de vous proposer, par exemple, un duel au pistolet, dans lequel une seule arme sera chargée, et où le hasard seul décidera.

— Je vous plains, si vous n'avez que cette ressource, dit Terni, et je m'accorde d'avance à tout ce que vous pourrez imaginer. Le lord, s'il le veut, peut m'offrir une partie de cartes ou de dés, dont notre vie sera l'enjeu. Mais ce sera la plus grande des maladresses. Vous accusez les Italiens d'être superstitieux, et vous ne vous trompez pas. Comptez que le sort, ou ce que vous appelez le hasard, se prononcera en ma faveur. Il ne saurait en être autrement.

— Alors, dis-je, troublé, car ce diable d'homme ne me faisait plus rire, vous vous abritez derrière quelque amulette ?

— Qu'importe ! fit-il, puisque vous n'y croyez pas.

— Et vous êtes résolu à tuer le lord ?

— Absolument ; j'ai des raisons pour cela.

— Raisons que vous ne voulez pas faire connaître ?

— Supposez, dit-il, que ce soit pour le verre d'eau qu'il m'a jeté à la figure…

— Je crois, fis-je en me levant, que nous avons dit tout ce que nous avions à dire. Me laissez-vous maître de fixer les conditions du combat ?

— J'y souscris d'avance.

— Eh bien, vous vous battrez après-demain matin, à l'épée, dans la forêt de Saint-Germain. Rendez-vous à Conflans, à huit heures.

— Oh ! fit l'Italien désappointé, pourquoi après-demain ?

— Parce qu'il faut laisser à lord Algerton le temps de faire son testament. Vous êtes si sûr de le tuer !

— Ces sortes d'affaires, dit-il, devraient se régler tout de suite.

— Est-ce que votre courage n'attend pas ?

— Allons, soit ! fit-il, visiblement contrarié. Il est entendu que nous nous engageons à la plus entière discrétion ?

— Certes, répondis-je, vous avez à cet égard ma parole et celle de mon ami. Et, sur un salut cérémonieux, nous nous séparâmes.

Je n'avais pas choisi l'épée sans motif.

Je passai chez le lord pour lui rendre compte de cette conversation qui devait l'intéresser. Il dormait, et je ne voulus pas le réveiller. Ce n'est que le lendemain que je lui fis connaître mes conventions avec l'Italien. Il les approuva, et voulut m'accompagner jusqu'à la porte de la marquise, à qui j'avais promis une visite. Lord Algerton s'amusa à croiser dans la rue en m'attendant.

Sylvie me reçut dans un boudoir tendu d'étoffes sombres et très peu éclairé. Cette pénombre était favorable à sa beauté de la veille. L'atmosphère du boudoir était saturée de parfums capiteux, suivant une habitude de jeunesse qu'elle avait exagérée avec l'âge. Il en résultait une sorte d'asphyxie agréable, lente et sûre, qui égarait et surexcitait le cerveau des visiteurs. Je lui fis des compliments sur sa démarche, son élégance et les formes gracieuses qu'elle avait conservées. Cela fait toujours plaisir aux femmes. Comme ma rhétorique était fort sobre de gestes, elle me répondit que j'étais charmant, mais que j'avais un peu vieilli.

J'acceptai l'injure comme un homme qui la mérite et qui ne cherche pas à la discuter. Je me réconfortais par le souvenir de l'aimable Aglaé, de Genève, qui m'avait dit agréablement : — Eh bien, merci, pour un homme sérieux ! Qu'est-ce que ce devait être à vingt ans ?

L'esprit facile et hardi de la marquise ne tarda pas à mettre notre conversation sur le pied de notre ancienne intimité. Nous rappelâmes nos vieux souvenirs ; elle rit beaucoup des tortures qu'elle m'infligeait en venant se rouler sur ma courte-pointe, vingt ans auparavant. De fil en aiguille, de chute en chute, j'en arrivai à lui parler d'Algerton, de sa folie, et surtout d'un acte indigne dont le remords le bourrelait. Il suppliait la marquise de permettre qu'il lui prouvât son repentir par toutes les soumissions, par tous les sacrifices, et finalement j'en arrivai à parler de cette

« diligence de Lyon, » dont je lui avais dit quelques mots la veille, et qui nous avait valu tant de déconvenues.

— Ah ! fit lentement la marquise, « la diligence de Lyon ?... » Attendez donc ; cette histoire du Carrousel me revient peu à peu... Oui, je me souviens que j'étais bien malade ce jour-là. J'ai cru que c'était fini. Le lord arriva... — J'ai bien pu lui parler de la chose que vous dites. À quoi servirait de mentir ?...

La « diligence de Lyon », c'est moi. Cela vous intéresse donc ? Vous savez que j'ai toujours été une curieuse, une chercheuse, que j'ai toujours eu la rage du fruit défendu. Le bon Jules, qui m'aimait saintement, me disait : Il te faut le crâne, ô Ugolin !...

Je n'avais garde d'interrompre Sylvie, dont les yeux brillaient d'un éclat fauve et semblaient suivre une vision...

— Oui, j'ai voulu avoir le dernier mot de l'énigme, poursuivit-elle, je suis descendue dans l'antre de Trophonius ; je sais des choses dont vous ne pouvez vous faire une idée. La perversité humaine a des mystères insondables. Ce qu'il a fallu de sève, de nerfs et de flammes, pour atteindre à ce rêve, pour réaliser cette utopie, je l'ai dépensé. L'alchimie est une science évidemment divine ; il faut, pour s'en convaincre, avoir tenu dans sa main l'or vivant, au sortir du septième bain, l'or qui se tord, qui résiste, qui se révolte et qui proteste ! La chair se traite par le magnétisme et le galvanisme, comme le métal par la poudre de projection. Mais vous m'entendez à peine, et j'ai cédé follement à un mouvement d'orgueil. Oubliez ce que j'ai dit, je le veux, je vous en prie. Et ne me parlez plus de votre lord Algerton, qui me déplaît. Débarrassez-m'en, voulez-vous ?

— Rien de plus facile, marquise ; le lord est un enfant, je dirai presque un fou, et vous pouvez lui rendre la raison.

Un mot étrange, que vous avez lâché, et dont il a cherché l'explication à travers l'Europe, le hante jour et nuit ; ce mot, c'est son cauchemar, sa fièvre, son délire, le point d'interrogation contre lequel il se heurte à chaque instant. Il en meurt. Ne vous offensez pas de ce plaidoyer ; sa poursuite n'a rien qui vous soit personnel. Il voudrait simplement *savoir les choses*. Sa fortune est encore considérable ; il la fondra au creuset de sa fantaisie ; il la donnera avec joie pour apaiser le désir qui le dévore. Faites-lui l'aumône ; ayez pitié de lui ; vous pouvez seule éteindre l'incendie que vous avez allumé. Dites-lui, — je vous en supplie, au nom de l'humanité ! — ce que c'est que « la diligence de Lyon », et ce serait bien le diable s'il n'arrivait pas à s'en fabriquer une !

— Mais c'est que c'est le diable ! fit la marquise en riant aux éclats…

Ah ! vous n'êtes pas fort, mon ami, et vous avez une façon bourgeoise d'entendre les choses tout à fait touchante. Bon jeune homme, malgré votre âge ! Alors, vous venez ici, comme cela, tout naturellement, me demander, pour votre ami, la diligence de Lyon, « et la manière de s'en servir ». Vous parlez de cette affaire comme d'un secret de petites pensionnaires, un de ces secrets qu'on se dit à l'oreille, quand la sous-maîtresse s'éloigne. Vous êtes très amusant, savez-vous ? Ah ! le lord veut que je lui raconte « les choses ! » Et quand il saura « les choses », il organisera sa petite « diligence » avec une personne de bonne volonté ! Vous ne sentez donc pas à quel point vous êtes ridicule ?

— Je commence à m'en douter, répondis-je.

— Savez-vous ce qu'il faut répondre au lord ? C'est que c'est une simple plaisanterie que je lui ai faite, et qu'il n'existe de « diligence de Lyon » que dans son imagination.

— On le lui a déjà dit, répondis-je, et il ne veut pas le croire.

— J'en suis fâchée. Voulez-vous me regarder en face, puisque nous parlons sérieusement ? Que dois-je à votre ami ? Par quel dévouement, par quel sacrifice a-t-il payé ce qu'il ose me demander ? Il est célèbre dans les rangs de la bohème et de la galanterie. Sont-ce des titres à faire valoir ? Je crois, Dieu me pardonne, qu'il ne m'a pas été présenté ! Parce que, dans un soir de fièvre, j'ai prononcé des paroles en l'air, se croit-il le droit de me persécuter et d'intervenir dans ma vie ?

— Marquise, vous êtes cruelle…

— Et lui ! Comment le nommerez-vous alors ? Ivre, — et cela devait lui ouvrir le cœur, — il se heurte à une misérable créature suppliante qui lui demande quelques sous. En vérité, mon ami, j'avais faim. Je ne vous dirai pas aujourd'hui comment cela est arrivé, mais je succombais à une des plus dangereuses expériences que j'aie faites…

Je rencontre lord Algerton, que je connaissais vaguement. Je me crois sauvée, je m'attache à lui, comme à une planche de salut ; je lui tends la main ; il me repousse. Mes tortures étaient pourtant visibles ; je ne me soutenais plus, je me sentais mourir. Je l'implore, je le prie, je me mets à sa merci pour une pièce de vingt sous ! Il refuse. Cette brute me regardait d'un œil hébété, de l'œil de l'ivrogne imbécile, écrasé par le vin et qui mériterait de ne boire que l'eau des baignoires ! Folle, éperdue, sous l'étreinte de fer de la nécessité, je laisse échapper, en désespérée, des mots qui n'auraient pas dû sortir de ma bouche. Quand on meurt, on s'accroche à tout. Comment me répond-il ? Par un coup de pied dans la gorge, dont j'ai encore la marque. Que veut-il de plus ?

— Marquise, cette violence est un des remords de mon malheureux ami ; il voudrait l'expier de sa vie.

— Vous en parlez avec chaleur, dit-elle, mais ce repentir est tardif. Décidément, mon cher Jacques, vous vous êtes fait l'avocat d'une mauvaise cause. Je ne veux plus entendre parler de votre Anglais. Qui vous prend de faire ses commissions ? Encore si vous veniez pour votre compte !

— Ah ! marquise, voilà un mot adorable et que je ne laisse pas tomber dans l'eau. Comptez que je ne reculerai devant aucune perfidie pour profiter de vos bonnes grâces. N'oubliez pas que je suis presque de moitié dans le steeple-chase du lord à la poursuite de cette fameuse diligence. Me voilà prêt à le trahir. Dans quel pays bleu s'embarque-t-on pour ce voyage ?

— Vous mériteriez d'être poudré à blanc comme les moutons de Mme Deshoulières, dit la marquise, et si vous étiez plus près et que j'eusse un éventail, je vous le romprais sur les doigts. Pensez-vous donc qu'il soit question de bergeries ? Songez-vous à ce que vous demandez ? Êtes-vous sûr que ce secret, dont vous vous amusez, ne soit pas fait avec mon sang, avec mon âme ? Croyez-vous qu'il s'agisse d'une épreuve de franc-maçonnerie où la lame du poignard rentre dans le manche ? Savez-vous si vous n'êtes pas inhumain et imprudent, en me suppliant ainsi ; inhumain pour moi, imprudent pour vous ? Je ne veux pas faire de drame ; mais réfléchissez-y bien ; il est des liqueurs corrosives qui dévorent et brisent le vase qui les renferme ; il est des dons maudits qui usent, flétrissent et foudroient les organisations qui les recèlent… Il est des choses, croyez-moi, auxquelles il ne faut pas toucher…

En vérité, la marquise était de bonne foi. J'ajoute que son emportement l'avait illuminée, et qu'elle en était devenue belle Je ployai le genou devant elle et lui baisai la main.

— Quand la surface des choses est charmante, dis-je, c'est peut-être un tort que d'en vouloir sonder les profondeurs. Je suivrai vos conseils à ce sujet.

D'un grand mouvement de tête, qui seyait à sa fière prestance, elle secoua autour d'elle ses grands cheveux d'or, que j'aimais à baiser autrefois. J'en fus presque enveloppé. Il s'en échappait un parfum doux et puissant qui donnait le vertige. Je ne me sentis pas la force de m'en dégager.

— Que pensez-vous de ces filets ? dit-elle. Croyez-moi, mon cher Jacques, laissez-vous prendre à leurs mailles, et ne cherchez pas au delà. Vous savez qu'il y a sept portes dans les châteaux des contes de fée, six qui conduisent à toutes les merveilles, à tous les éblouissements, et une septième porte mystérieuse et défendue qu'on ouvre avec une clé d'or et qui mène à un charnier.

— Eh bien, dis-je à la sirène, je passerai par la porte que vous voudrez.

Quand je me réveillai aux pieds de la marquise, elle me donna sa pantoufle à baiser.

— Voilà pourtant, dit-elle, où entraînent les souvenirs de jeunesse. Que puis-je faire encore pour vous ?

— Vous pouvez, dis-je, me permettre de vous présenter lord Algerton.

— Encore ?

— Toujours. C'est un malheureux que je veux sauver.

— Et que vous perdez peut-être... Quant à moi... Cela m'est bien égal !... Je m'ennuie depuis quelques jours d'une façon si singulière !...

— Grand merci, marquise.

— L'heure présente est toujours exceptée, dit-elle en souriant. — Eh bien, j'en parlerai à Terni.

Terni ! Cela me fit souvenir de notre Italien. En vérité, l'air qu'on respirait dans le boudoir de Sylvie avait les propriétés de l'eau du Léthé. La présentation de lord Algerton était au moins douteuse. Je ne pus m'empêcher de demander à la marquise :

— Qu'est-ce que le duc de Terni a à voir dans cette affaire ? N'êtes-vous pas libre ?

— Moi ? dit-elle. Je n'ai pas seulement ma liberté, j'ai celle des autres. — Prenez-y garde !

— Oh ! répondis-je, vous perdez votre temps à vouloir m'effrayer. Voici mes deux mains que je tends à vos fers. Vous ne pouvez mener les gens qu'en paradis.

— Les pieds en avant, murmura-t-elle. Cela me gâte ma journée. Comment vous êtes-vous lié avec ce lord Algerton ? C'est une affreuse connaissance.

— Peut-être bien. Mais ne revenez pas sur votre promesse, et surtout n'en parlez à personne.

— Pourquoi ?

— Parce que votre Italien m'agace.

— La belle raison ! Vous en avez sûrement une autre.

— Mettons que je sois jaloux.

Sylvie partit d'un éclat de rire.

— Je sais à quoi m'en tenir sur votre jalousie, dit-elle, après votre plaidoyer en faveur d'Algerton. Vous ne voulez rien dire ? À votre aise. Je saurai ce que je veux savoir.

Ce mot me contraria ; je pris congé et rejoignis le lord, qui m'attendait avec impatience.

— Qu'avez-vous tant fait ? dit-il.

— Oh ! bien des choses. Mais une seule vous intéresse. La marquise consent à vous recevoir.

— Quand cela ?

— Demain, quand vous voudrez, après votre duel.

— Pourvu que je ne sois pas tué ! fit-il en pâlissant.

Cette émotion me parut de mauvais augure. Algerton était poursuivi par la fatalité d'une manière si bizarre que je me demandai si l'épée de Terni n'allait pas renvoyer aux calendes grecques l'accomplissement de ses vœux. Je le réconfortai de mon mieux, et voulus le conduire dans une salle d'escrime pour lui dérouiller la main ; il s'y prêta difficilement. Je fis sa partie et le trouvai gauche et nerveux, ce qui me déplut. Si j'avais choisi l'épée pour arme de combat, c'était afin d'intervenir au besoin dans la lutte. J'ai la main très prompte, et j'espérais relever l'épée de l'Italien, si je lui voyais porter un coup dangereux. Il n'y avait rien de mieux à faire en présence de l'aplomb de Terni et de son habileté présumée. Le lord était absolument maladroit, et j'attribuai cela à l'exaltation de son esprit.

Je lui fis prendre un bain de vapeur pour le calmer ; nous dînâmes sobrement et finîmes la soirée à l'Opéra. Ce régime prudent nous donna de médiocres résultats, et nous passâmes une partie de la nuit à nous accompagner mutuellement l'un chez l'autre, parlant de mille inutilités. À l'heure convenue, nous arrivions à Conflans, où nous attendaient nos adversaires.

J'avais pris avec moi le vicomte Raoul, un gentil garçon sans conséquence, pour servir de second témoin au lord. Terni était accompagné de deux grands gaillards de mine vulgaire, fagotés dans des redingotes qu'ils avaient l'air de porter pour la première fois. Après avoir échangé des saluts cérémonieux dans un coin de la gare où nous nous étions retirés, le duc de Terni toussa un peu et prit la parole :

— Il est inutile d'aller plus loin, dit-il, pour en venir à des explications que je prétends donner loyalement à mon adversaire. Je me suis mêlé d'une affaire qui ne me regardait pas ; j'ai eu tort, et je n'hésite pas à le reconnaître. Je retire ma provocation…

S'il était une chose à laquelle on s'attendît peu, c'était assurément à ce recul inqualifiable. Le vicomte Raoul en ricana dans ses moustaches, et lord Algerton s'écria :

— Retirez-vous aussi, Monsieur, le verre d'eau que je vous ai jeté au visage ?

L'Italien était jaune ; il devint verdâtre.

— Je le retire, murmura-t-il.

— Et vous m'en faites vos excuses ?

— Si vous voulez.

— Cela n'est pas naturel, dis-je à voix basse au lord ; la marquise doit mener tout ceci. Prenez garde de pousser cet homme à bout.

— Vous avez raison, dit l'Anglais.

Et toute sa jactance s'évanouit devant le malheur que je lui fis entrevoir. Déplaire à la marquise, être congédié avant d'avoir été reçu, voir s'évanouir sa dernière espérance, tout cela le démoralisa, et il eut des remords d'avoir été si cruel pour son adversaire.

— Monsieur, dit-il d'un ton conciliant…

Terni lui coupa la parole d'un geste :

— J'ai l'honneur de vous saluer, mylord.

Il s'éloigna, après une inclination profonde qu'imitèrent de leur mieux ses bizarres témoins.

Nous les regardâmes partir, stupéfaits de l'aventure.

— Je n'aurais pas cru cela de ce sombre visage, dit le petit vicomte ; nous aurions dû en dresser procès-verbal.

— Non, répondis-je, c'est une sotte querelle sur laquelle il vaut mieux garder le silence. Ce qu'il nous reste à faire, c'est de déjeuner. Il est un peu tôt, mais nous ferons longue table.

— Quand me présenterez-vous ? dit le lord.

— Cet après-midi.

Je ne doutais pas que la marquise eût interrogé Terni, à la suite du mot qui m'avait échappé la veille, et le duc avait dû trahir le secret de notre duel. Mais quelle était donc l'influence exercée par Sylvie sur cet homme, pour qu'elle le pétrît ainsi ! Brisant sa rage et sa colère, dont j'avais éprouvé la violence, elle l'avait réduit à la dernière des humiliations. Par quel pacte tenait-elle cette âme ? Quel était le secret de cette soumission qui touchait à l'avilissement ? Peut-être la diligence de Lyon était-elle le mot de l'énigme. Vous qui lisez ces lignes, n'en riez pas ! Je vous jure qu'il n'y a pas de quoi rire.

Vers les deux heures, lord Algerton entrait sur mes pas à l'hôtel Passavanti, où nous étions attendus, car je m'étais assuré de l'agrément de la marquise. Mon compagnon était profondément ému et respirait avec difficulté. On nous introduisit dans des appartements que je ne connaissais pas, mais où je retrouvai l'étrangeté de ce parfum qui m'avait si fort enivré dans les cheveux de la dame. Il y avait un tel attrait dans ces émanations capiteuses qu'on les respirait à pleine poitrine, tout en se rendant compte des langueurs qu'elles apportaient. Le lord subissait comme moi cette influence dangereuse, sous laquelle les nerfs se tendaient et vibraient comme les cordes d'une lyre…

Sylvie entra à l'improviste et me parut plus grande qu'à l'ordinaire ; mais dans l'état de surexcitation où nous étions plongés, cette aberration de la vue n'avait pas d'importance. La marquise nous reçut en maîtresse de maison, s'informa des nouvelles du jour, parla littérature, musique, théâtres, comme une femme qui veut être aimable, payer une visite comptant, et en finir au plus vite. Soudain elle se tut, laissant tomber net la conversation, comme pour nous dire d'une manière honnête, mais précise :

— En voilà assez ; allez-vous-en.

Je me levai, car il me parut impossible de résister à cette injonction muette, mais lord Algerton ne quitta pas son fauteuil. Il était horriblement calme. Je vis distinctement son front, ses traits, sa personne tout entière envahis par l'idée fixe qui avait pris possession de lui.

— Madame, fit-il en étendant le bras vers la marquise, je ne suis pas venu ici pour cela.

— Mylord, dis-je…

Il ne m'écouta pas, il ne m'entendit pas, et sur un geste interrogateur et hautain de Sylvie, il reprit :

— Je suis venu pour la diligence de Lyon.

Alors une inquiétude me prit, et, soumis moi-même à l'action de l'atmosphère enivrante qui décuplait l'intensité de nos sensations, ma crainte alla jusqu'à la terreur. Je tremblai de voir le lord s'irriter et en arriver à quelque violence, s'il se heurtait à une nouvelle déception. La folie se lisait dans ses yeux, dans son allure, dans l'accent de sa voix…

Je me tournai vers Sylvie ; sa fière sérénité me rassura complètement. Elle observait froidement les lueurs hagardes qui brillaient dans les yeux de l'Anglais, et elle lui répondit :

— Je vois, Mylord, que vous n'avez pas oublié notre première rencontre. Il y a longtemps de cela, pourtant, et les choses sont bien changées. Mais je veux être bonne pour vous, et pour commencer, je vous pardonne.

Le lord se jeta à ses pieds et couvrit sa main de baisers ; mais, presque aussitôt, il se rassit d'un air soupçonneux, comme s'il eût redouté quelque piège. Son attitude faisait peur et pitié à la fois.

Sylvie me calma d'un geste. Il est évident que cette scène l'amusait ; elle jouait avec le malheureux comme une dompteuse avec une bête féroce.

— Peut-être eût-il été convenable, dit-elle, de me faire la cour quelques mois, quelques semaines, quelques jours, mylord, avant de me demander mes secrets. Mais les circonstances de notre ancienne entrevue nous permettent de passer sur certains détails. Donc, soyons pratiques. En premier lieu, la diligence de Lyon coûte fort cher.

— Je l'ai bien pensé, dit Algerton, qui tira de son portefeuille un papier qu'il tendit à la marquise.

— Oh ! fit celle-ci, en parcourant la feuille, une donation de tous vos biens ? un testament ? La chose est en règle : je m'y connais. Je ne vous croyais pas aussi riche. Mais je suis riche moi-même, et c'est une question sans importance entre nous. Ensuite, il y a l'affaire de temps.

— Non, dit le lord, il n'y a pas d'affaire de temps. Ou vous m'ôterez cette curiosité fatale, ou nous périrons tous les deux.

— Comment ! fit-elle, aujourd'hui ?

— Aujourd'hui même, je vous en donne ma parole. Ou, si vous m'en empêchez par quelque trahison, ce sera demain.

— Je parie, dit Sylvie, que vous êtes armé ?

— Oui, répondit Algerton.

Je m'avançais pour intervenir, quand la marquise m'arrêta.

— Jacques, dit-elle, vous n'avez rien à faire ici. Mylord parle bien ; en essayant de me faire peur, il m'a touchée. Peut-être est-il fou, mais cela me regarde. Mylord, vous pouvez déposer votre revolver sur la cheminée. Il vous devient inutile ; je vous garde librement… À bientôt, Jacques…

— Madame…

— N'ayez donc pas cet air effaré. Je ne dévore pas les gens ; vous en savez quelque chose. Ne vous heurtez pas contre les fauteuils. Mon Dieu, que vous êtes maladroit aujourd'hui ! Bonsoir, mon ami, bonsoir…

Je sortis — matagrobolisé, — pour me servir d'une expression de Rabelais qui rend assez bien la triste confusion de mes idées. Pour me distraire, j'entrai dans un théâtre des Boulevards, où l'on donnait une première. J'y réussis en payant fort cher, mais je ne regrettai pas mon argent. La pièce était gaie et le public de bonne humeur. Dans une loge d'avant-scène, au milieu d'une jeunesse dorée (c'était le mot du temps), Léonore, dans un éclat de beauté plénière, bavardait comme une pie. À l'orchestre se dessinait un profil régulier que je ne pus méconnaître, celui de Terni.

Il me parut sinistre et préoccupé, chose assez naturelle après son aventure.

Ces rencontres ne sont pas rares, quand *tout Paris* est censé réuni sur un point. Selon la coutume, la pièce finit fort tard, vers une heure du matin. Je cherchai des yeux Léonore, pour lui envoyer un sourire d'adieu ; elle me fit signe de la rejoindre.

J'obéis. Jamais la bonne fille n'avait été plus belle. Aussi l'avait-on excédée de fadeurs et de déclarations…

— Donnez-moi votre bras, me dit-elle ; je m'ennuie et ne veux pas rentrer chez moi. Le lord doit m'y attendre, ce serait pour en mourir. Allons n'importe où.

— Souper ?

— Non, courir.

— Mais je vais vous compromettre.

— Et moi donc vous !

Elle renvoya sa voiture, et, fortement emmitouflée, car elle était très peu vêtue, la voilà qui s'accroche à mon bras, et nous filons sur le trottoir, laissant déconfits ses amoureux de la soirée.

— M'ont-ils assez embêtée ! dit-elle. Fais-moi la cour, Jacques.

Je lui fis la cour. C'était sa manie. Je l'avais conquise ainsi, en ajoutant pour appoint un petit chien dont elle avait envie. Elle aimait les « riens » et donnait quelque chose en échange. Quelquefois, quand j'allais la voir, elle s'accrochait un brin d'oranger dans les cheveux, rien que pour me faire parler…

— Tu as tant d'illusions ! disait-elle.

Comment cela nous arriva-t-il, je l'ignore, il y a des instincts qu'on n'explique pas, mais au bout d'une heure, nous passions sous les hautes fenêtres de l'hôtel Passavanti. Tout était sombre, désert, silencieux autour de nous. Je me sentais gêné ; il y faisait étrange. On n'entendait et l'on ne voyait rien de bien précis, mais on devinait autour de soi des choses inouïes. Une lueur blafarde filtrait par les fentes des persiennes ; on avait la vague perception de gémissements lointains. Léonore, nature primitive, ne s'y trompa pas

— Je n'aime pas cette grande maison, dit-elle.

Un pas se fit entendre, une ombre passa devant nous et sonna violemment à la porte de l'hôtel. C'était le duc de Terni. Rien ne lui répondit ; il persista vainement dans ses appels. Il revint vers nous, chancelant de colère, et je crus qu'il allait nous prendre à partie... Au même instant, une clameur intense sortit de l'hôtel Passavanti, dont quelques fenêtres s'ouvrirent brusquement. De grandes clartés inondèrent la rue, pendant que des effluves de cette odeur balsamique dont j'ai déjà parlé, arrivaient jusqu'à nous. La porte s'ouvrit.

— Les malheureux ! s'écria Terni, en se précipitant vers l'hôtel.

Nous le suivîmes. Toute une valetaille ahurie, surprise dans son premier sommeil, courait çà et là, en poussant des cris d'épouvante.

Le voisinage se réveillait ; on criait au meurtre, à l'incendie ; la maison était sous l'empire d'une terreur panique...

Nous marchions sur les pas de l'Italien, qui montait l'escalier en homme qui connaît les êtres. Il jetait des cris sourds et désespérés.

— C'est ici ! dit-il enfin.

Dans une salle capitonnée, meublée d'instruments étranges, sur des coussins en désordre, — pâles, immobiles et comme frappés de la foudre, — nous aperçûmes, étendus sans connaissance, Lord Algerton et la marquise Sylvie...

— Sang du christ ! s'écria Terni en prenant le lord à la gorge…

Mais un cri d'horreur jaillit de sa poitrine. Il bondit en arrière, comme s'il eût touché une bête venimeuse…

— Ciel ! dit-il, il est déjà froid !

Je ne pouvais croire à un pareil malheur. Léonore regardait avec effroi ces têtes livides, dont les yeux brillaient encore d'un sentiment d'orgueil suprême et d'audace invaincue. L'air était chargé d'électricité.

Un médecin parut ; on lui fit place ; il secoua la tête.

— Morts ! dit-il.

— Savez-vous au moins le secret de ce drame affreux ? dis-je à Terni.

— Peut-être, répondit-il, mais il n'ira pas loin. Je vais me brûler la cervelle.

J'essayai de le retenir, car le son de sa voix ne permettait pas de douter de sa résolution. Mes efforts furent vains. D'ailleurs Léonore, éperdue, s'attachait à moi ; la peur l'avait prise ; elle me défendit de la quitter. Nous rentrâmes.

Il nous fut impossible de dormir. Je dus lui raconter, en la berçant, l'histoire de la folie d'Algerton, dont nous venions de voir le déplorable dénouement.

— Mais, en fin de compte, reprit-elle, qu'est-ce que la diligence de Lyon ?

Comme il faut toujours répondre aux femmes, je lui dis, en hésitant un peu :

— C'est une façon de faire l'amour.

Léonore frissonna. Les têtes lugubres d'Algerton et de Sylvie passèrent devant ses yeux. Elle me répondit, en se jetant dans mes bras :

— J'aime mieux la mienne.

FIN.